See-a-Word® Puzzles

DICK TRACY

WALT DISNEY PICTURES presents
WARREN BEATTY
DICK TRACY
Original Score by DANNY ELFMAN
Editor RICHARD MARKS
Production Designer RICHARD SYLBERT
Cinematography by VITTORIO STORARO, A.I.C.-A.S.C.
Co-Producer JON LANDAU
Executive Producer BARRIE M. OSBORNE
Screenplay by JIM CASH & JACK EPPS, JR. and
BO GOLDMAN & WARREN BEATTY
Produced and Directed by WARREN BEATTY
Soundtrack Album Available On Warner Bros. Records
Produced in association with
SILVER SCREEN PARTNERS IV
Dolby Stereo® Selected Theatres
Distributed by Buena Vista Pictures Distribution, Inc.
Y COMPANY
ved

D1300842

Find the words in each puzzle. The words run across, backward,
up, down, and diagonally in both directions. Some letters may be
used in more than one word. Solutions begin on page 58.

GOLDEN®, GOLDEN & DESIGN®, A GOLDEN BOOK®,
SEE-A-WORD®, and A CATCH-A-CROOK ADVENTURE
are trademarks of Western Publishing Company, Inc.

A GOLDEN BOOK®
Western Publishing Company, Inc.
Racine, Wisconsin 53404

No part of this book may be reproduced or copied without
written permission from the copyright owner. Produced in U.S.A.

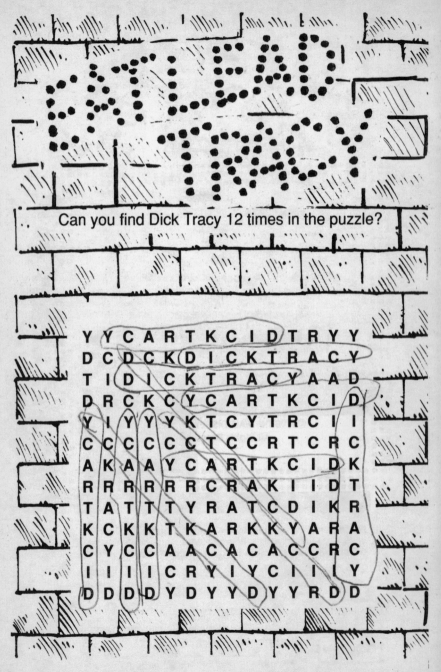

EATLEAD TRACY

Can you find Dick Tracy 12 times in the puzzle?

```
Y Y C A R T K C I D T R Y Y
D C D C K D I C K T R A C Y
T I D I C K T R A C Y A A D
D R C K C Y C A R T K C I D
Y I Y Y Y K T C Y T R C I I
C C C C C C T C C R T C R C
A K A A Y C A R T K C I D K
R R R R R C R A K I I D T
T A T T T Y R A T C D I K R
K C K K T K A R K K Y A R A
C Y C C A A C A C A C C R C
I I I I C R Y I Y C I I I Y
D D D D Y D Y Y D Y Y R D D
```

IN THE GARAGE

AMBULANCE
CONVERTIBLE
FIRE TRUCK
JACK
LIMOUSINE
POLICE CAR
SEDAN
TIRES
TRUCK
VAN
WRECKER
WRENCH

A F H S R P O L I C E C A R
N I E C N A L U B M A R X A
B R K S Z R S W A G O A E N
E E S Q X W Q O D A K L O V
C T V O U O U S M P B G J I
C R T L I M O U S I N E R M
T U D L F V D J T A L F E I
R C R E A Y D R D W U R K W
S K R N S T E E B Q X E C O
E L A Z Y V S H S Q A U E R
R O K G N E K C U R T S R O
I D T O A N R O A D A K W U
T A C S V H E J A C K R E T
S E T R O L H C N E R W A S

3

A NIGHT AT THE OPERA

ARIA
BARITONE
COMPOSER
COSTUMES
CURTAIN
LIGHTS
MUSIC
OPERA
ORCHESTRA
PIT
SCENERY
SCORE
SOPRANO
STAGE
TENOR

```
O M L I G H T S A K O T B L
W P I X H I A R C I T E A C
S C E S J U E U Q B R S R I
O E S T M P K U W O S A I S
P N M A O R O P C E H F O U
R O C U I R X S A I Z C R M
A T R G T I C O M P O S E R
N I J Z O S R H T U M E S P
O R D N T A O D E R X R O I
I A L A T R U C J S A B G T
A B G H Q U R O N E T A W C
T E N S T O V Y F A T R Z U
V O P S C E N E R Y S R A B
G B N I A T R U C A N O B S
```

SCENE OF THE CRIME

```
C R I M A L M I P A M R C B
F I S L P U K A Z I P S A W
O D S K S Q U H T O H L R R
N F E I H C E C I L O P E T
A L N T M R I J M S T P T S
M I T A E V C D C P O H R U
L L I G X C O I E S G T O P
O L W I J U T R L M R G P E
R H G E C E E I C O A L E R
T E T H C C O A V B P W R A
A R O I A V H I R E H E Y D
P A D T D I C L O R E I T N
L E B Y S T A N D E R S R Y
M R L A N I M I R C L I R C
```

BYSTANDERS
CRIMINAL
DETECTIVE
MEDIC
PATROLMAN
PHOTOGRAPHER
POLICE CHIEF
REPORTER
VICTIM
WITNESS

Circle the ten clues that Tracy has found.

```
S R F T T A M H S T E P O N
I T E I L E T T E R H N I F
D I S L N F O O E O J X R E
G R A E R G H S T E T A H R
J E W L Y R E O A T D E W S
E T E D L U G R L G V I C T
W R A H E R B L P U L L T M
E A O R A C V X E R O R G A
L C O P H T I W S N I W O S
R K H U E H E E N K I N R K
Y S P L M A Z O E Q U T T E
A L L E P R A P C O H D I S
E A F O O T P R I N T S U R
W L N E T T O I L K S L I S
```

Answers:

WALLET   LETTER
TIRE TRACKS   JEWELRY
PHOTOGRAPHS   HAT
MASK   FOOTPRINTS
LICENSE PLATE   FINGERPRINTS

THE BAD GUYS

WANTED

BIG BOY	LIPS MANLIS	PRUNEFACE
THE BROW	LITTLE FACE	THE RODENT
FLATTOP	MUMBLES	SHOULDERS
ITCHY	NUMBERS	STOOGE

```
S F L A K Y S S T A L O H S
H R E D H S T W E R I C T E
O B A C T O N R N L T N E L
U S T X O T E U O I B A R O
L I H G W Y D F M D R M O M
D L E M U N O P L B X L U A
E N B N Z S R B O O E M U M
R A R A C T E R G T B R O D
S M O K E Y H C E I T G S F
A S W O L R T W V Y B A L H
S P O T H O A I P R O H L T
T I I E C A F E N U R P Y F
E L T L E C A F E L T T I L
```

MIXED MEDIA

BEAT
CAMERA
FLASHBULB
HEADLINE
INTERVIEW
NEWSPAPER
NOTEPAD
PHOTOGRAPHER
REPORTER
SCOOP
STORY
TYPEWRITER

```
C P O N E W S P A P E R R R
A H H N S C A R B A S E R E
R I D O O R Y L I L T A E P
E E A T R T U T U R Y D H C
M V H S A B E A O G P H G A
U O I P H W Y P F F E Z O M
N E P S A U E P A A W Y P E
O G A R Z R N K D D R T O R
T L P V L A G L L W I O O A
F S T O R Y I O R O T S C J
L E T D A N E W T S E L S S
A D A M E S O W Y O R N N Y
R W E I V R E T N I H E E N
S U B B I N D F L A T P S W
```

HIDE AND SEEK

AMBUSH
CONCEAL
EXAMINE
EXPLORE
HIDE
HOLE UP
LIE LOW
PROWL
SEARCH
SEEK
TRACK
TRAIL
VANISH

V A L L S E B U R H S R V A
C E D I H C R S E E K B M A
R O P P P Y U S Z S O L I L
C E N A M O N E E X E M I P
K X O C D E X K I A M A X R
A P Q R E A U O J U R T Z E
E L U G M A R D Z T P C N O
R O L I L O L A P X S E H I
P R N E K E M Z U Y F E H L
S E W J L B A V E R L K S W
T L I O U L I E L O W H I O
O E P S T H X I O V O L N T
D X H I B M E C H C R I A C
E I T R A C K E U S P O V S

WORKING ON THE RAILROAD

```
R L H S R S C O L O B O B T
X O O H U N A M E R I F R I
K C U A B O B R A E T A A S
C O T N A S O I D E I L N O
A N D T D Y B G R N S O K T
R A O Y O H O H A I C O L B
T E M A R Z O T Y G A D R O
I S A W Y B S U Q N H A Y S
S O Z E O Y W A S E K C U T
L O C O M O T I V E N T R A
E B R K O T W O M L I S H T
M A M E A H R A E E A S H I
E C A T A I N P S A T Y E O
N O S J N A M H C T A W R N
```

BRAKEMAN
CABOOSE
ENGINEER
FIREMAN
HOBO
LOCOMOTIVE
ROUNDHOUSE
SHANTY
STATION
TIES
TRACK
TRAIN
WATCHMAN
YARD

BOXED IN

BRAWL JAB
DECK KNOCKOUT
DUCK PUNCH
FEINT SLAM
HEAVYWEIGHT UPPERCUT
HOOK

```
S L O L T H U X F E I T N S
T N I E F O P W E I S O K S
C L A M Z O P P E L T C B S
A D E C K P E Y A S E R E J
B T U O E P R M O B A Y A K
S O J Q V U C L A W E P P U
H G U A R S U A L A K O O P
O X C T B U T E W B S C O P
O T H G I E W Y V A E H U E
K U C U G O R E C K N N Y D
E E H C N U P S D N O A O E
D U M L K N O C K O U T R P
D S T U O H J B H K T J O B
```

CALLING DICK TRACY

BADGE
BINOCULARS
HANDCUFFS
LIE DETECTOR
MICROPHONE
NIGHTSTICK
POLICE DOG
SQUAD CAR
TAPE RECORDER
UNIFORM
WRIST-RADIO

```
T S N I G H T S T I C K T H
R S Q U O D S Q G E M A P A
A Q R U G I I O Y I P O W N
C U F A A N D T C E L E E D
D R S O L E O A R I B G N C
A Q U J C U C E R S T D O U
U X N I P T C R K T E A H F
Q U L A S O Q O X I S B P F
S O O H R I L E N R Z I O S
P E G D J O P I R I Q U R S
Z I E C K I G H T A B O C W
N R A R O T C E T E D E I L
M R O F I N U T H G I O M A
```

BIG BOY
BREATHLESS
CLUB RITZ
DANCING
DOORMAN
FOOD
KEYS
LIPS MANLIS
NIGHTCLUB
PIANO
SINGING
WAITER

```
N N Z S S Y E K C Y O L I Z
B I B T S O R L O L I U T W
H G G I A E U Q B P U I A Y
G N I H T R I Y S L R O O D
I P S I T Z Z M I B O J U F
N D A N C C A W U R I T O Y
A W T E U N L L A E I O S S
M V B S L I C U Q A D Y D Z
R F S I B L L Y B T L I A P
O S S O G A X P K H N U N I
O X N O P B R E A L B G C A
D E I S E O O D U E I Z I N
K T M N K F M Y B S T Z N O
Z G N I G N I S I S Z N G S
```

15

THE GOOD GUYS

BUG BAILEY
CHIEF BRANDON
DETECTIVE
DICK TRACY
DICK TRACY JR.
MOTORCYCLE COP
PAT PATTON   POLICE OFFICER
PATROLMAN   SAM CATCHEM

```
R E C I F F O E C I L O P P
A S A M C A T C H E M P A O
M V P R P A T P A T T O N L
B O A A I P O L D H S C O I
U S T Y T H H I T A C E R T
G O R O C R C H T P O L I T
B U O T L K Q J A O S C R C
A S L I T U B R A L E Y H I
I W M R J Y C A R T K C I D
L R A H F I H C C Y J R O E
E C N C D C I O Z A O O E C
Y O U Y E R E N P S G T V Y
M C H I E F B R A N D O N Z
E V I T C E T E D M E M B S
```

AT THE WAREHOUSE

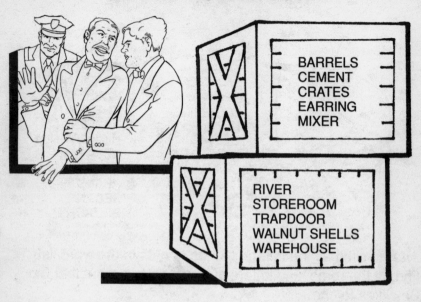

BARRELS
CEMENT
CRATES
EARRING
MIXER

RIVER
STOREROOM
TRAPDOOR
WALNUT SHELLS
WAREHOUSE

```
S W A L N T T R A W M T E S
T L A O W O N V I R O O N T
O S E T A R C E G V O M E C
O R O S L N U O M E D O R E
R O O T N E X I R E Z A E R
R D R T U E O O S E C T X O
E E R I T H S U L E H S I B
X T O V S T O R E R O O M B
A A O O H H G N I R X I U R
W C D A E P E N U V T S E I
T A P R L O X U O H E R A V
H B A R L E S S L E R R A B
O W R Q S I M G N I R R A E
S E T R E X I S I M M I N G
```

NUTS TO BIG BOY

ACORN
ALMOND
BRAZIL NUT
CASHEW
CHESTNUT
HAZELNUT
HICKORY NUT
KOLA NUT
MACADAMIA
PEANUT
PECAN
PISTACHIO

After circling all the different kinds of nuts in the word list, find, in the remaining letters of the puzzle, the nut that Big Boy likes to chew.

```
S K B A Z A C O R M H S A C
D N O M L A I T A I A T M E
J W N T A P B M C D T E T P
P A E U Z K O K A U S U I E
N O M H I V O R N D N S T C
K I C H S R I L U L A C U A
W H A Z Y A E R A O U C N N
E C S N U Z C W E N X F A U
M A U C A C O R N L U C E M
C T A H I C K O Y A E T P N
A S C G H E P M Y R T Z A K
H I T U N L I Z A R B S M A
M P E A U M C A M Z U P I T
A L M C H E S T N U T M E P
```

Answer: WALNUT

UNDER ARREST

ARREST
CAPTURE
CASE
CRIME
EVIDENCE
LOCK UP
MOTIVE
QUESTION
SEARCH
SUSPECT
WARRANT
WITNESS

```
W I T N E U Q S L P M J U E
T A O M I Z U W U O U Z V W
P U I S J R E I T D C I A S
A R V U Q A C T D I T K S E
C W E S P U N I V O I E U R
C R I P E N E C M H L C A P
O A R E S T D S K C A S E O
H H P C R R I S T R W K U W
M C O T R O V A E I V I A P
I U R K U J E Z T R O R E T
R S C A P R A N E R R N R S
C O K A E O E U T A C A U P
L O C S S S Q E N O E S E Q
A R R E S T O T L S M O T S
```

IT'S IN THE NUMBERS

$$\underset{13}{\underline{N}} \quad \underset{6}{\underline{U}} \quad \underset{14}{\underline{M}} \quad \underset{25}{\underline{B}} \quad \underset{22}{\underline{E}} \quad \underset{9}{\underline{R}} \quad \underset{8}{\underline{S}}$$

$\underset{26}{\underline{A}}$	$\underset{25}{\underline{B}}$	$\underset{24}{\underline{C}}$	$\underset{23}{\underline{D}}$	$\underset{22}{\underline{E}}$	$\underset{21}{\underline{F}}$	$\underset{20}{\underline{G}}$	$\underset{19}{\underline{H}}$	$\underset{18}{\underline{I}}$	$\underset{17}{\underline{J}}$	$\underset{16}{\underline{K}}$	$\underset{15}{\underline{L}}$	$\underset{14}{\underline{M}}$
$\underset{13}{\underline{N}}$	$\underset{12}{\underline{O}}$	$\underset{11}{\underline{P}}$	$\underset{10}{\underline{Q}}$	$\underset{9}{\underline{R}}$	$\underset{8}{\underline{S}}$	$\underset{7}{\underline{T}}$	$\underset{6}{\underline{U}}$	$\underset{5}{\underline{V}}$	$\underset{4}{\underline{W}}$	$\underset{3}{\underline{X}}$	$\underset{2}{\underline{Y}}$	$\underset{1}{\underline{Z}}$

Study Numbers' code and the example to find the words to circle in the puzzle.

$$\overline{26} \ \overline{23} \ \overline{23}$$

$$\overline{11} \ \overline{9} \ \overline{12} \ \overline{21} \ \overline{18} \ \overline{7}$$

$$\overline{23} \ \overline{22} \ \overline{25} \ \overline{7}$$

$$\overline{24} \ \overline{12} \ \overline{6} \ \overline{13} \ \overline{7}$$

$$\overline{25} \ \overline{12} \ \overline{12} \ \overline{16} \ \overline{8}$$

$$\overline{8} \ \overline{6} \ \overline{14}$$

$$\overline{23} \ \overline{18} \ \overline{5} \ \overline{18} \ \overline{23} \ \overline{22}$$

$$\overline{24} \ \overline{9} \ \overline{22} \ \overline{23} \ \overline{18} \ \overline{7}$$

21 18 20 6 9 22 8

14 6 15 7 18 11 15 2

8 6 25 7 9 26 24 7

25 26 15 26 13 24 22

```
P S C E S U D D D A D B K S
C R U M U L T I P L Y O E T
B A O L B D I V I B O O P B
S U D F T C A I P R O T I E
E P D D R E R C Z E C I V D
R R I R A S K O O B Q F I U
U O V E C I G U R U S O K S
G F I D T N U L T L N R E S
I T D Q U I Z I F T E P U C
F B E O O K D V I D D N S O
P R C B B E C N A L A B T U
D E P U R N Y L E T A K B N
L L S C I F I G S U B D U T
Y P I T L U M U S D E B S M
```

Answers:

BALANCE	CREDIT	COUNT
SUBTRACT	DIVIDE	DEBT
MULTIPLY	SUM	PROFIT
FIGURES	BOOKS	ADD

COMING UP ROSES

```
T U L L Y H R A G F E E R T
R E Z I L I O R E F I L U T
S U L C H L S R M U L S E R
E H Y O L A E E T R O R E E
V I R L I Z E R O I O T R Z
H L G H L V R U L I P O O I
C P O N Y Z O P V C A L I L
L U T L A N S G A R D O N I
U C L C E I F D L Y T Z E T
M I A D V E S E I P S U E R
L L R O R T H M U H C H L E
I A L T S C R U R O C C A F
G E R O S R U I Z V I R E R
T U L I P O B U P O T O O T
```

SOIL
TREE
TULIP
VIOLET

FERTILIZER
GARDEN
LILAC
LILY

MULCH
ORCHID
POT
ROSE
SHRUB

22

IT'S A LEGAL MATTER

ATTORNEY	GAVEL	LAWYER
COURT	JUDGE	PLEA
CUSTODY	JURY	TESTIMONY
EXHIBIT	LAW	TRIAL

```
L L A V E T O C U S T O Y D
O E W T Q X E U O E E U D O
W V E S T U H S R X S V O T
A A X G O O J U T H J E A C
R G H E D H R R O I U R Y G
U R Y X E U I Y W B M D E E
J U E H W A J L R I O O V L
J U N I L A V E L T Y A N E
U T R I Z O Y P S S G U R Y
D A O R T W R U A W Y V I H
G O T T A T C D L A A W T X
F W T L T E C O U R T Y S E
R X A R T N Y X Y R U J E N
A E P L A E L P E T T A T R
```

KEY PLAYER

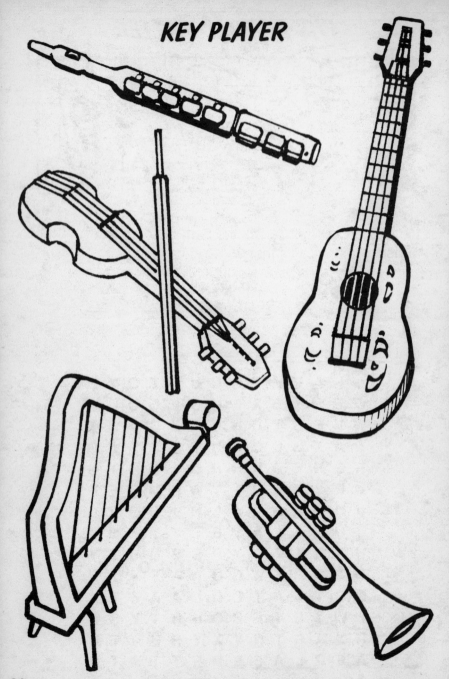

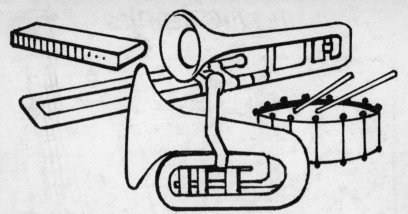

Including the piano, circle the names of the ten musical instruments that 88 Keys can play.

```
M V I O I V P S H A R M O T
V I H A R P I T G U I T R U
R O E N K X A R K I N O L D
B L V A C I N O M R A H S A
O T I R V L T M R U M P E T
P A R P I A N B V T R R A H
I H G F L T D O F J O D R A
A B U T O E Y N V L A H T H
N G U M N P I E P I U W G A
O Q R O L M T S M Z O U U M
S A U B I U D C O S I L E B
H U O G L R A O B T F R I O
G U I F U T D U A L O I V N
V I O L A S T R U M C O N E
```

Answers:

TROMBONE
VIOLIN   PIANO   GUITAR
TUBA   HARP   FLUTE
TRUMPET   HARMONICA   DRUM

THE KID'S CLOTHES

BELT
CAP
JACKET
PANTS
SHIRT
SHOES
SHORTS
SOCKS
SUIT
VEST

T O S T N A P T R I H S Q B
R L U S E V S J A C E T U E
S H E X G I H D O E X R I L
H U O B E T O S D R F V T M
O I Y S E A E J A C E H F O
V E S K O Z S Q S S I U S S
E O C T S V E N T O W I T H
P A N K E K S R I Z E T R Y
J O C W A L K S U H A Y O E
S Z O R M E C J A C K E H L
M E P A C B O Q L J D O S S
O C A X W O S U I T E L T D
P A N E G H I R T O E S H I
W H O E S P O H S H T B U G

GOING FOR A RIDE

AQUARIUM
ART GALLERY
BALLPARK
COUNTRYSIDE
LAKEFRONT
MUSEUM
PARK
PICNIC
POOL HALL
STADIUM
ZOO

```
S S K A Q U A G I U M P O Z
T N O R F E K A L L I A A O
A R K G A L L L Y C M Q R U
D B E A N P A L N Z U A R K
E T A L L H R E O A I M S A
U R N L L E Y R R E D T D R
M T N O L Y N I C O A Z I T
U Z O R O P U R Q U T O S G
A P O P Q M A U M O S O L A
R E E D I S Y R T N U O C L
Y L L A W C O O K H Q U I L
S O L Q U A N T I U M A R E
U L A K E F R I H L O O P R
M U S E U M Y E C L L A B Y
```

AT THE OFFICE

AWARDS
BLOTTER
CABINET
CHAIR
COATRACK
DESK
FILES
HOT PLATE
LAMP
RADIO
SKETCHES
TELEPHONE
WATER COOLER

```
W R A D L A M B S T S E K C
A A I O C H A E L A K C O T
W P L A T F H T E O E A E A
A A O O H C A O O R T L H C
R C T H T C S R T R E T O S
D O T E L E P O A P A M E F
S O K X R M O C O A L L I R
S S T T A C K E O K I A P B
K C E R P A O C S F S M T L
E L N E N T K O D K A I E E
D E I I O S J I L L F L E T
C A B I E N O H P E L E T T
W A A D A W A R K C R S E E
C O C O A N R A O O I D A R
```

POSITIVE ID

BEADY EYES
BEARD
BIG EARS
BROKEN NOSE
GLASSES
HAIR COLOR
HEIGHT
LIMP
MOUSTACHE
SCAR
TATTOO
WEIGHT

```
B O O T G L A T O D S C A W
E E H E H I H A R R C O E L
S G A A S G E S C A R I I E
O L S D I H I M P E G M O I
N A L E T R G H T B P L O R
N S W E A R C A R E I B I B
E H C A T S U O M D E C E S
K G E R T O R B L A I A R E
O C O C O L I R D O R R C S
R R E E O G G Y O B R O K S
B S R G E L E T M O T A T A
S A I A A Y A A A G T O O L
H M R W E T G H E I G H T G
P S O S E K O R B E B M I L
```

DON'T MUMBLE

Unscramble what Mumbles has told Tracy. Then circle all the unscrambled words in the puzzle. Five words remain in the puzzle to form Mumbles' testimony. Circle these words and then write them on the line to help Tracy solve the case.

OD OTN WONK WATH UOY RAE GAILNKT TOUBA.

UYO TANNOC HOURG EM PU.

URNT FOF TEH SLIHGT.

ANTW MOSE TREAW.

OUY TEBA EM PU.

Mumbles' Testimony:

_____ .

```
R M E K O Q U S E J B A R E
U D O N O T I O H S I L T W
O H S O C L P M T T G L U G
Y G E W B M Y E O H B E R N
S O X N K R L N D G O F N I
Z I K S E M N P R I Y M A K
U Y L T N A J W Z L W O V L
P T A N C X D E L L I K Y A
C W O T A R H R C B T Q U T
A I Z T X M O G E R O N N O
T U O B A U S A G E S A J M
W A R M G O T P H Z W S F Y
O F H H I F R O I J I R O L
M E Z W H F A P U L X U O Y
```

Answers:

You beat me up.

Want some water.

Turn off the lights.

You cannot rough me up.

Do not know what you are talking about.

Testimony: Big Boy killed Lips Manlis.

31

BIG BOY'S THE BOSS

BOSS	DOMINATE	ORDER
BULLY	DICTATE	OVERSEE
COMMAND	GOVERN	RULE
CONTROL	MANAGE	TAKES OVER

```
C O V R A N A M L A T C I D
O O B U L Y E A N R E V O G
M L O L U L L N O C L M R W
M O D E T A T C I D I O D E
A R A G B O S T O N A T E D
N T R O S S B A D O M M O D
D N T A K E S O V E R D R O
G O V E R T M U L L Y A T E
E C T T A I E V E B U L E R
E Y E R N R E E O A M S G E
S A L A E G A S A G R N A M
E I T L E D S T E E M E N O
U E A V U E R O V O F K A T
O M O N S B A O R D E O M E
```

©Disney

©Disney

©Disney

©Disney

©Disney

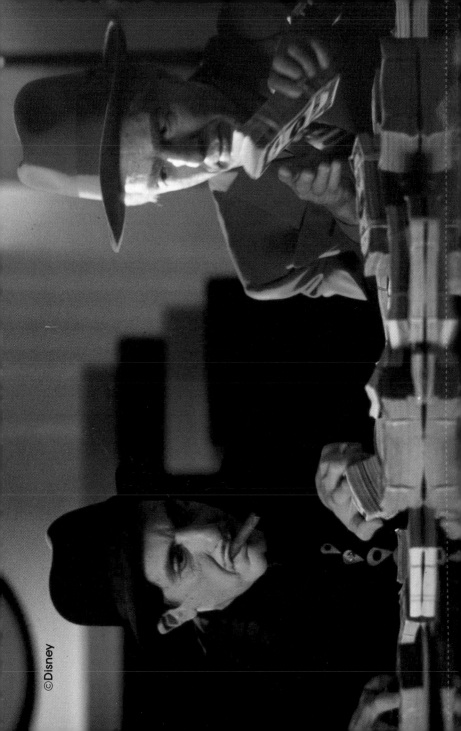

©Disney

©Disney

©Disney

BIG BOY'S BIG BUSINESS

BOARD
BUSINESS
CHAIRMAN
COMMERCE

COMMITTEE
COMPANY
CORPORATION
FIRM

MERGER
ORGANIZATION
PARTNERS
STOCK

```
B C O M M E R C N A T I O N
Y O G R E G B U S I N E S S
N M E R G E R C H C A X T P
A O R D Z A T O O L Z A K A
N T I F E R N M T M O L C R
A F R T Y M M I S M M E O T
M E R G A E G P Z O C E T M
R C O M R R A K P A P T S E
I A H C I R O C K D T T N N
A J E A T T R P A R N I A Y
H P M N I F G P R A W M O B
C A E R E I T M M O C M S N
N R M E G R Y O E B C O R E
S Y N A P M O C O R P C T S
```

UP ON THE ROOF

ATTIC   PEAK   SKYLIGHT
CHIMNEY   RAFTERS   SKYLINE
GUTTER   ROOF   TAR
LADDER   SHINGLES   WINDOW
LEDGE
OVERHANG

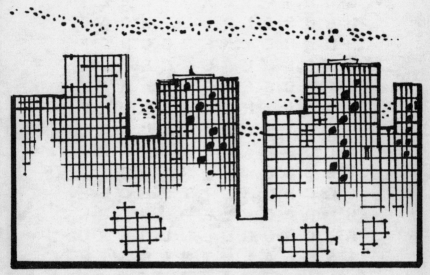

```
S K Y L I S W E S W I N O P
O F E G H A R O R K Y V E R
W O N I T D O E D D E A N E
G O M T A Y T O T R T F M D
N T I L E T P E H F T O S D
I C H E U E R A O U A O K A
H K C G V E N O G H T R Y L
S P T O I G P S K Y L I N E
W T E T D L T F A R I G H T
A I A A D O Y A T T E R S Y
M A N R R E A K V P E A K E
I N K D V A N G S F O O D N
H S T O O R S E L G N I H S
C R A F T W E L E D G E C W
```

BUG AND THE INSECTS

```
S T A R A N T Y L F E R I F
G U B S P I L A F Y E E L Y
U R U S E L D L L P R C A L
H O A N E Y D F P O O H D F
C W E S B L R O Y C S C O T
A E D U S E A C K S A A W T
T A G A T H G R S A W O E E
L S E T K C O A O R U R S E
F L U O P A N P S G M K P B
Y B G C C K F T P I D C I Y
C O C H O F L I T E E O D E
U D R A G L Y E R U R C E N
B E D B U G E E N L B E R O
T S U C A L U T N A R A T H
```

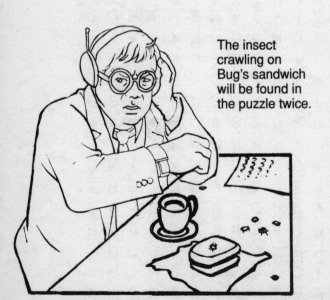

The insect crawling on Bug's sandwich will be found in the puzzle twice.

ANT
BEDBUG
BUTTERFLY
COCKROACH
DRAGONFLY
FIREFLY
GRASSHOPPER
HONEYBEE
LADYBUG
LOCUST
SPIDER
TARANTULA
TERMITE
WASP

TRACY VERSUS BIG BOY

BATTLE
CONFRONT
ENCOUNTER
FACE OFF
FENCE
FIGHT
GRAPPLE
OPPOSE
SCUFFLE
SKIRMISH
SQUARE OFF
TAKE ON

```
E Y E E N O E K A T A U Q S
N N L B A T T L I S F I A K
C F F I G H T N R F I G R I
O O F L A U Q S O S F X E R
S Q U A S H O E C R Q I O M
Z E C O C P R N O U F U F I
T O S E B A E E N O F N E S
B N S O U A T T L A K L O H
A R O Q P E N E C P O L E C
T I S R P P U E O P P P O N
T K A B F H O S Q R G A R E
L S A L G F C O U N U I R E
E R F I F O N S C Q N E F G
G O F E N C E H S M R I K S
```

THE KID

AGILE
ATHLETIC
BRAVE
CLEVER
DIRTY
FAITHFUL
HUNGRY
INDEPENDENT
ORPHANED
OUTSPOKEN
PROUD
STREETWISE
TOUGH

```
G T N E D N E P E D N I T E
E Y O B E L E H A T H V A S
S R D R P H U N G R Y A T I
T G E A O D T O U P G R H C
R U N V K E I P R T E B L F
E N A O E E A R O E O E E A
E S H A V L N O T M V U T I
W I P A D E C W A Y P I G T
I N R Y P I I H T R E E T H
S B O U T S P O K E N P E F
A T D H E R A V L N T E V U
G N F G O U T I G E N D E L
I U H U N R G S P O K N L E
L O D I R A T H L E T I C Y
```

MIKE'S DINER

BACON AND EGGS   HAMBURGER   LAMB CHOPS
CHILI   HASH   MASHED POTATOES
COFFEE   HEARTBURN   MEAT LOAF
FRENCH FRIES   ICE CREAM   SOUP
FRIED CHICKEN

```
B A C K N P U O S A M B H H
S G E G E N R U B R A H A C
L E G E K H A S H C S E M N
M A E R C E C I O S H A B R
A H M U I C F N F F E E I U
S A C B H E A A O H D C D B
H M H I C N I L O U P R M T
A B L E D H G G P L O E E R
S U I E E R O D S G T A A A
T R G A I F L P G E A A L E
F G O D R A F A S S T M E H
S E U B F M E O A H O S A M
H R S E I R F H C N E R F H
N A E C H I L I I E S U O S
```

MELTING ICE CREAM

BUTTER PECAN
CARAMEL
CHERRY
CHOCOLATE

FUDGE RIPPLE
MINT
NEAPOLITAN
PEACH

PISTACHIO
ROCKY ROAD
STRAWBERRY
VANILLA

```
N I M C H O C O L A T E S Y
V A L L I N H O C K Y T R B
A H C D A O E A L H R R U P
N P P E A C R T R A E T N E
E L P I P L R U W M T A E A
A O L A S R Y B R E E N O C
P V F U D G E R I P P L E H
O I A H C R N T L A N I L A
L E M N R O L A T E V E P W
I C T Y I C M I O U M O P B
T O V A N L A P E A B R L E
A F U D O G L Y R R E B E R
N E A O I H C A T S I P O R
T N I M R O C K Y R O A D Y
```

41

TESS AND BREATHLESS

Match the words describing Tess and Breathless that mean
the opposite. Then circle the words in the puzzle.

CARING	COLD
DEPENDABLE	DEVIOUS
DEVOTED	HARDENED
SINCERE	SELFISH
UNDERSTANDING	UNRELIABLE

```
C O P D A H W T O V E D U G
H A S E L F I S H P T S N H
U N R L E D Y Q S W E I R U
G L U B S X C U T U D E E D
D S I A C L O D H N O U L K
D E V D F I V E A R V N C E
R O N N V P E T Y E Z A O R
C U O E U Q S E B L R K J E
O S D P D R A Z S I F A D C
L K U E E R T O N A I B E N
D O T D L R A G A B L L V I
M A N R A V S H E L H E I S
C U X C E R U O S E L N O J
G N I D E V O T E D H I G S
```

TRACY'S SHOPPING LIST

BASEBALL POTATOES
BUTTER RING
CHILI SUSPENDERS
COFFEE TOOTHPASTE
HOLSTER TRENCH COAT
ICE CREAM WRIST-RADIO

```
E W R I S K T O O T S O W B
T D I O L U T E R I O A R U
S U N P B A S E B A L L I T
A M G H I E N P O H D R S H
P O T A O C M A E S E I S O
H O L S H L E S A T I L T L
T R E C H L E C T C E I O S
O T O M T O S U R L L H E T
O A C O T A B S E E F C R E
T T O A C H C E N T A S O R
H O T N C O F F E E T M A O
T O I D A R T S I R W O C B
P R B A S E B O L O F F E E
C H I L S U S P E N D E R S
```

TRACY'S PLACE

BED
CHAIR
COT
DOOR
FIRE ESCAPE
DRESSER
ICEBOX
LAMP
MIRROR
RADIO
SOFA
STOVE
TABLE
WINDOW

```
E X E L B A M S K Y X O R L
V D O O A R I C E D E B A T
O W O D N M R V H T L A D J
T A F O I Q P E I A Q F W S
S J I R G O B E C B I I I T
U O R A F O S H E L N R N O
D O E S C A P E B D S T O V
R W E M P O U Y O C A M P D
E I S L X S T W X H G W R Z
S N C O T E S F C H A E O W
S D A X P L S C O D S W O K
O O P A I B E V N S E R D A
D R E C H A R I E P X R I M
F I R S E T W R A D I O Z F
```

ON THE WATERFRONT

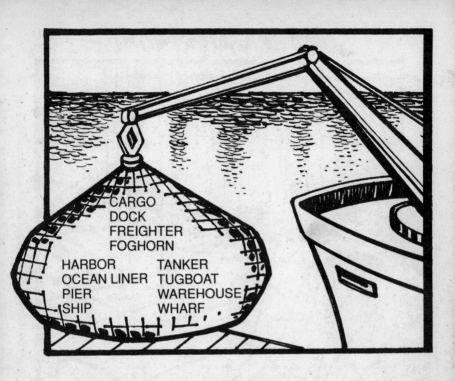

CARGO
DOCK
FREIGHTER
FOGHORN

HARBOR   TANKER
OCEAN LINER   TUGBOAT
PIER   WAREHOUSE
SHIP   WHARF

O F O G H W W F R X O D A C
D O C T O H A E R C A R G A
E C E A A A T H E E U G F R
J S A N R V E A T L I P O G
S T U G B G N S H O P I E R
Y A L O D L O P G F G H T E
O N A F I E F A I O U S E R
G K L N T C D I E G O M O T
R E E S U O H E R A W S U K
W R A L G K A C F R E G L R
A H Q K I E R N G R B F I O
W U A C L N B U E O A O G B
O N R O H G O F A R R H A A
O C Z D C A R T A N K E W H

FRAMED

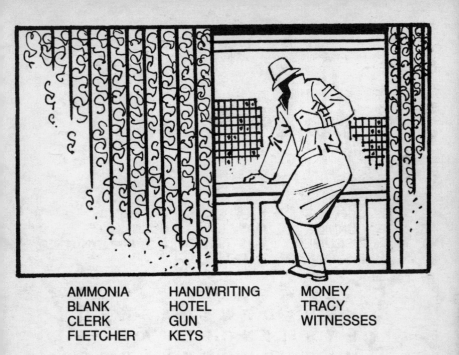

AMMONIA   HANDWRITING   MONEY
BLANK   HOTEL   TRACY
CLERK   GUN   WITNESSES
FLETCHER   KEYS

```
Y K H U H S R K S L R A C Y
W E A M O N E Y E O M L E R
F I N O T V E S S M E N A H
H L K N A L B O S R O I N G
O A E E L W R I K E I N G U
T I N T S I G A C A N U D N
F L E D Y T M R B T B T E Y
L E T C W M L E C H E R I A
O I A I O R N H O K O L N W
W R T N C L I C K M M T F E
T N I S A K A T R O M L E S
E A S N E S S E I N A A O L
H E K Y N O M L E N E L C T
S R S O M M A F K Y G N K Y
```

DRAWING A BLANK

CROOKED   FACELESS   SHADOWY
CUNNING   MASKED   SNEAKY
DISGUISED   MYSTERIOUS   UNKNOWN
DISHONEST   NAMELESS

```
M S H A D O W Y U A S K E D
F Y S M I N C O N F A C I R
M A S T S N E U K Y R S S F
S C E T G L S E N O H S I A
O S L S U N O S O N E E Y C
Y W E E I U W K R T I L W E
E K M O S O E O E S T N O L
N Y A O E D M S N E A R G E
A R N E D A S M A K Y K A S
M S H A N N A W H O N R V S
L E S M Y S T E R I O U S O
E N U R K O O W C A F H I R
S N A E U N Y K U N N I N G
S A D O W T S E N O H S I D
```

IN THE SLAMMER

BARS
CELL
CONFINEMENT
GUARD
INMATE
JAIL
LOCKUP
PAROLE
PRISON
SOLITARY

```
A I I J A X S C L E K Y O T
L B H N K I W O E L U P S N
P K C G L L C N L G U A R E
A M L P G K M F V I B Z A M
R A V M U F N I J N T R B L
O T Z P A E E N N M U A O X
L N N V R N F E I A S T R D
F M E M D Y O M D T O Q S Y
O V L H K W F E C E L L A R
R P O K C O X N P G C I P F
B I R D C E L T F Q H A T Q
J G A O C K U P Y N R J B L
P E P N O S I R P Z O S I A
F S O L I T R Y I N M A T J
```

BREAKOUT

BARRICADE
BLAST
BREAKOUT
BULLHORN
CHASE
COPS
CRASH
CROOKS
ESCAPE
EXPLOSION
FIRE
FIRE HYDRANT
WRECKAGE

```
W E B O H E E S P O C K E N
C R A S S P X R B L U B X O
H I E C A B L A S T E A P I
A M A C R O O H E X B R L S
S P Y T N A R D Y H E R I F
E R C K A G E B U G O I S N
R X I O P E U R A N T C I T
E S P E X L S K O O K A E U
U K U L L H C H L L U D S O
C O R H O E X E S T L E O K
L O O K R S A F A A Y H L A
L R P W Y C I U P L R O P E
N C T N A R D O O B I C X R
B R E A E K O U N A F I E B
```

THE CHASE

Help Tracy rescue Tess and capture Big Boy. Take Tracy from the club to the gear house. Draw a line from a word in the first column to a location in the second column. Then circle the words in the puzzle.

ACROSS	the CLUB
AROUND	the WAREHOUSE
BEHIND	the RIVER
DOWN	the BRIDGE
IN	the WATERFRONT
ON	the ALLEY
OVER	the SEWERS
THROUGH	the GEAR HOUSE

S E W O U A H I N O N I R B
S R V A R W A R E H O S E E
O E L O T E S I A C R O S S
R S U B O E E V L E Y C U B
A N B E W A R E L R I V E R
D R O E A C E F E W E S L O
A C R O R O S S R H U L E Y
B S I C L U B O G O E T A W
A D F R O S T U H B N A R B
L G E A S E O R W E S T R A
L E Y O B R A E V O N I O D
E S U O H E R A W E D V U O
Y S W T G H U O R G A E N W
E N D N I H E B E S W R D N

IN THE GEAR HOUSE

CATWALK   GEARS   ROPE
CHAINS   LEVERS   SPOKES
COGS   MACHINERY   TOOLS
DRAWBRIDGE   PULLEYS   WHEELS

```
M A C H I S E R Y L E V T S
O R I S W E L R S E K O P S
R A G E A D S O R V L O U R
H O S S L R O P O S A L L O
C U P L L A P U L T W S L P
M A O E E W H E E S T R Y D
S E T H V B E A C H A I S R
R O S W Y R E N I H C A M A
A U Y P A I L A C W A L K W
E L E D K D S H I H O G H B
G S L A E G T O C N A E K R
O E L E V E R S H A E I E I
C K U R C A T W A L M R N G
S A P B W A R U S L L E Y S
```

ANSWERS

Page 2

Page 3

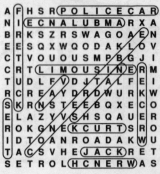

Page 4

Page 5

Page 7

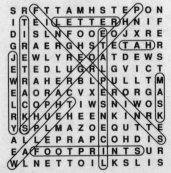

Page 8

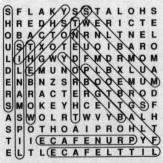

Page 9

Page 10

Page 11

Page 12

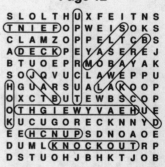

Page 13

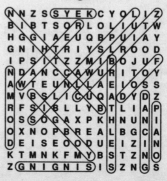

Page 15

Page 16

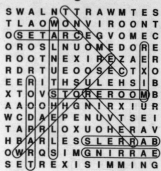

```
R E C I F F O E C I L O P P
A S A M C A T C H E M P A O
M V P R P A T P A T T O N L
B O A A I P O L D H S C O I
U S T Y T H H I T A C E R T
G O R O C R C H T P O L I T
B U O T L K Q J A O S C R C
A S L I T U B R A L E Y H I
i W M R J Y C A R T K C I D
L R A H F I H C C Y J R O E
E C N C D C I O Z A O O E C
Y O U Y E R E N P S G T V Y
M C H I E F B R A N D O N Z
E V I T C E T E D M E M B S
```

Page 17

```
S W A L N T T R A W M T E S
T L A O W O N V I R O O N T
O S E T A R C E G V O M E C
O R O S L N U O M E D O R E
R O O T N E X I R E Z A E R
R D R T U E O O S E C T X O
E E R I T H S U L E H S I B
X T O V S T O R E R O O M U
A A O H H G N I R X I U R
W C D A E P E N U V T S E I
T A P R L O X U O H E R A V
H B A R L E S S L E R R A B
O W R Q S I M G N I R R A E
S E T R E X I S I M M I N G
```

Page 18

```
S K B A Z A C O R M H S A C
D N O M L A I T A I A T M E
J W N T A P B M C D T E T P
P A E U Z K O K A U S U I E
N O M H I V O R N D N S T C
K I C H S R I L U L A C U N
W H A Z Y A E R A O U C N A
E C S N U Z C W E N X F A U
M A U C A C O R N L U C E M
C T A H I C K O Y A E T P N
A S C G H E P M Y R T Z A K
H I T U N L I Z A R B S M A
M P E A U M C A M Z U P I T
A L M C H E S T N U T M E P
```

Page 19

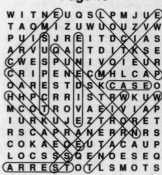

```
W I T N E U Q S L P M J U E
T A O M I Z U W U O U Z V W
P U I S J R E I T D C I A S
A R V U Q A C T D I T K S E
C W E S P U N I V O I E U R
C R I P E N E C M H L C A P
O A R E S T D S K C A S E O
H H P C R R I S T R W K U W
M C O T R O V A E I V I A P
I U R K U J E Z T R O R E T
R S C A P R A N E R R N R S
C O K A E C E U T A C A U P
L O C S S S Q E N O E S E Q
A R R E S T O T L S M O T S
```

Page 21

```
P S C E S U D D D A D B K S
C R U M U L T I P L Y O E T
B A O L B D I V I B O O P B
S U D F T C A I P R O T I E
E P D D R E R C Z E C I V D
R R I R A S K O O B Q F I U
U O V E C I G U R U S O K S
G F I D T N U L T L N R E S
I T D Q U I Z I F T E P U C
F B E O O K D V I D D N S O
P R C B B E C N A L A B T U
D E P U R N Y L E T A K B N
L L S C I F I G S U B D U T
Y P I T L U M U S D E B S M
```

Page 22

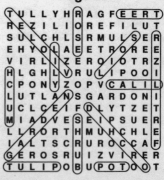

```
T U L L Y H R A G F E E R T
R E Z I L I O R E F I L U T
S U L C H L S R M U L S E R
E H Y O L A E E T R O R E E
V I R L I Z E R O I O T R Z
H L G H L V R U L I P O O I
C P O N Y Z O P V C A L I L
L U T L A N S G A R D O N I
U C L C E I F D L Y T Z E T
M I A D V E S E I P S U E R
L L R O R T H M U H C H L E
I A L T S C R U R O C C A F
G E R O S R U I Z V I R E R
T U L I P O B U P O T O O T
```

Page 23

```
L L A V E T O C U S T O Y D
O E W T Q X E U O E E U D O
W V E S T U H S R X S V O T
A A X G O O J U T H J E A C
R G H E D H R R O I U R Y G
U R Y X E U I Y W B M D E E
J U E H W A J L R I O O V L
J U N I L A V E L T Y A N E
U T R I Z O Y P S S G U R Y
D A O R T W R U A W Y V I H
G O T T A T C O L A A W T X
F W T L T E C O U R T Y S E
R X A R T N Y X Y R U J E N
A E P L A E L P E T T A T R
```

Page 25

```
M V I O I V P S H A R M O T
V I H A R P I T G U I T R U
R O E N K X A R K I N O L D
B L V A C I N O M R A H S A
O T I R V L T M R U M P E T
P A R P I A N B V T R R A H
I H G F L T D O F J O D R A
A B U T O E Y N V L A H T H
N G U M N P I E P I U W G A
O Q R O L M T S M Z O U U M
S A U B I U D C O S I L E B
H U O G L R A O B T F R I O
G U I F U T D U A L O I V N
V I O L A S T R U M C O N E
```

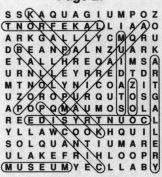

Page 26

```
T O S T N A P T R I H S Q B
R L U S E V S J A C E T U E
S H E X G I H D O E X R I L
H U O B E T O S D R F V T M
O I Y S E A E J A C E H F O
V E S K O Z S Q S S I U S S
E O C T S V E N T O W I T H
P A N K E K S R I Z E T R Y
J O C W A L K S U H A Y O E
S Z O R M E C J A C K E H L
M E P A C B O Q L J D O S S
O C A X W O S U I T E L T D
P A N E G H I R T O E S H I
W H O E S P O H S H T B U G
```

Page 27

```
S S K A Q U A G I U M P O Z
T N O R F E K A L L I A A O
A R K G A L L L Y C M O R U
D B E A N P A L N Z U A R K
E T A L L H R E O A I M S A
U R N L L E Y R R E D T D R
M T N O L Y N I C O A Z I T
U Z O R O P U R Q U T O S G
A P O P Q M A U M O S O L A
R E E D I S Y R T N U O C L
Y L L A W C O O K H Q U I L
S O L Q U A N T I U M A R E
U L A K E F R I H L O O P R
M U S E U M Y E C L L A B Y
```

Page 28

```
W R A D L A M B S T S E K C
A A I O C H A E L A K C O T
W P L A T F H T E O E A E A
A A O O H C A O O R T L H C
R C T H T C S R T R E T O S
D O T E L E P O A P A M E F
S O K X R M O C O A L L I R
S S T T A C K E O K I A P B
K C E R P A O C S F S M T L
E L N E N T K O D K A I E E
D E I I O S J I L L F L E T
C A B I E N O H P E L E T T
W A A D A W A R K C R S E E
C O C O A N R A O O I D A R
```

Page 29

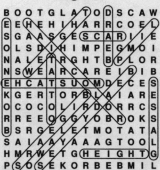

```
B O O T G L A T O D S C A W
E E H E H I H A R R C O E L
S G A A S G E S C A R I I E
O L S D I H I M P E G M O I
N A L E T R G H T B P L O R
N S W E A R C A R E I B I B
E H C A T S U O M D E C E S
K G E R T O R B L A I A R E
O C O C O L I R D O R R C S
R R E E O G G Y O B R O K S
B S R G E L E T M O T A T A
S A I A A Y A A A G T O O L
H M R W E T G H E I G H T G
P S O S E K O R B E B M I L
```

Page 31

Page 32

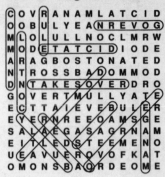

Page 33

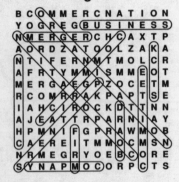

Page 35

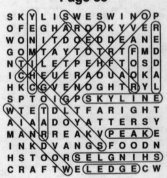

Page 36

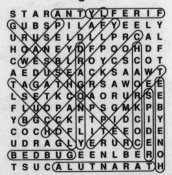

Page 37

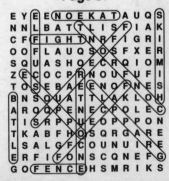

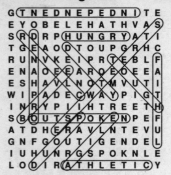

Page 39

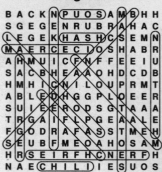

Page 40

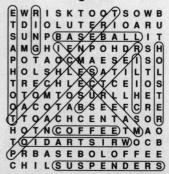

Page 41

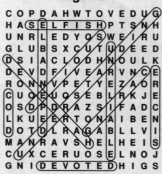

Page 43

Page 44

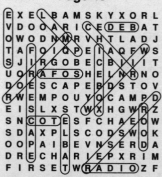

Page 45

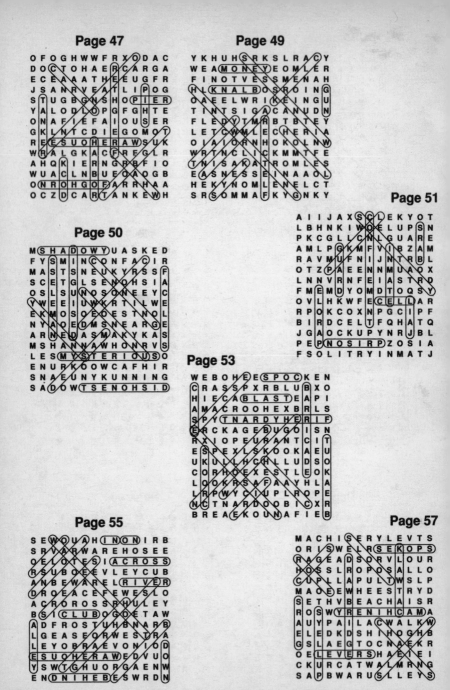

Page 47

Page 49

Page 50

Page 51

Page 53

Page 55

Page 57